Analyse de l'œuvre

Par Natalia Torres Behar

Le monde s'effondre

Chinua Achebe

lePetitLittéraire.fr

Analyse de l'œuvre

Par Natalia Torres Behar

Le monde s'effondre

Chinua Achebe

lePetitLittéraire.fr

Rendez-vous sur lepetitlitteraire.fr et découvrez :

Plus de 1200 analyses
Claires et synthétiques
Téléchargeables en 30 secondes
À imprimer chez soi

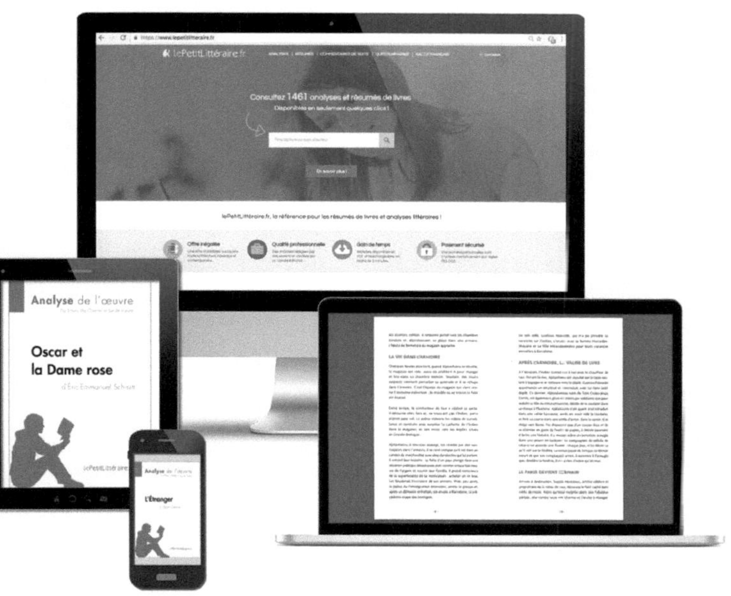

CHINUA ACHEBE

AUTRICE NIGÉRIENNE

- **Née à Ogidi (Nigeria) en 1930.**
- **Décédée à Boston en 2013.**
- **Prix littéraires :**
  - Prix littéraire de St. Louis, 1999
  - Prix international Man Booker, 2007
  - Prix de la paix des libraires allemands, 2011
- **Travaux notables :**
  - *Le monde s'effondre* (1958), roman
  - *No Longer at Ease* (1960), roman
  - *Flèche de Dieu* (1964), roman
  - *Home and Exile* (2000), essais

Chinua Achebe est né à Ogidi, au Nigeria, l'une des premières villes du pays à avoir reçu la visite de missionnaires anglicans. Ses parents s'étaient convertis à la Church Mission Society, une dénomination protestante, mais continuaient à respecter les traditions de leurs ancêtres.

Le don d'Achebe pour lire et écrire en anglais lui vaut d'être admis au prestigieux Government College d'Umuhaia, qui était calqué sur les écoles publiques anglaises et financé par l'administration coloniale, et avait été créé pour éduquer la future élite du Nigeria. Il s'agit d'une école très exigeante sur le plan académique, et les étudiants ne sont autorisés à se parler qu'en anglais, la langue de leurs colonisateurs.

En 1948, il obtient une bourse pour étudier la médecine au University College d'Ibadan, mais pendant son séjour, il s'intéresse à la littérature et devient de plus en plus critique à l'égard de la manière dont l'Afrique et ses habitants sont dépeints dans les romans européens. Après avoir lu *Mister Johnson* de Joyce Cary, dans lequel tous les personnages nigérians étaient dépeints comme des sauvages ou des bouffons, Achebe est tellement dégoûté qu'il décide d'abandonner ses études de médecine et de devenir écrivain afin d'empêcher une ignorance culturelle aussi flagrante et de changer la perception que les gens ont de l'Afrique.

Après avoir obtenu son diplôme, il se lance dans l'écriture de son premier roman, ce qui représente un défi de taille car très peu d'œuvres de fiction africaines avaient été publiées en anglais auparavant. Cependant, lors d'un voyage à Londres, il rencontre l'écrivain Gilbert Phelps, qui le présente à son agent en 1958. L'agent envoie le manuscrit d'Achebe à de nombreuses maisons d'édition, et Heinemann décide de tenter sa chance. Le roman, *Le monde s'effondre*, rencontre un enthousiasme populaire et critique en Angleterre, mais l'accueil au Nigeria est plus mitigé. Toutefois, des années plus tard, l'écrivain nigérian Wole Soyinka, lauréat du prix Nobel, l'a décrit comme le premier roman en langue anglaise à décrire l'Afrique d'un point de vue véritablement africain.

Achebe a été décrit comme le père de la littérature africaine, non seulement en raison de sa carrière littéraire prolifique (il est l'auteur de plus de 20 livres, comprenant des romans, des essais, des nouvelles et des recueils de poésie), mais aussi en raison de son engagement à faire publier d'autres écrivains africains. Cet engagement, associé à une carrière universitaire impressionnante qui l'a vu enseigner dans des universités africaines et américaines, lui a permis de transformer la littérature africaine et la réputation de ses écrivains.

Achebe est mort à Boston en 2013, mais a été enterré dans sa ville natale d'Ogidi. Bien qu'il n'ait jamais obtenu le prix Nobel de littérature, il est largement considéré comme l'un des plus grands écrivains du XXᵉ siècle, et les plus de 30 doctorats honorifiques et les innombrables prix littéraires prestigieux qu'il a reçus témoignent de l'estime dans laquelle il est tenu.

Le saviez-vous ?

Achebe était très critique envers les auteurs classiques tels que Joseph Conrad. Dans son essai « Une image de l'Afrique : Racism in Conrad's *Heart of Darkness* », il décrit l'écrivain polono-britannique comme un « raciste invétéré » en raison de sa déshumanisation des Africains et de sa description de l'Afrique comme un vaste et dangereux champ de bataille dépourvu d'humanité.

LE MONDE S'EFFONDRE

LA FIN D'UNE ÉPOQUE

- **Genre :** roman
- **Edition de référence :** Achebe, C. (2001) *Things Fall Apart*. Londres: Penguin.
- **1ère édition :** 1958
- **Thèmes :** masculinité et féminité, tradition contre modernité, fierté, désobéissance.

Le monde s'effondre a été le premier ouvrage à succès de Chinua Achebe, et est aujourd'hui considéré comme un classique de la littérature africaine. Depuis sa première publication en 1958, il s'est vendu à plus de huit millions d'exemplaires et a été traduit dans plus de 50 langues, faisant d'Achebe l'auteur africain le plus traduit de tous les temps.

Le roman raconte l'histoire du célèbre lutteur Okonkwo, qui se bat pour échapper à l'héritage laissé par son père paresseux et irresponsable, et pour surmonter les problèmes résultant de l'arrivée des missionnaires blancs dans sa ville, Umuofia. Son monde s'effondre autour de lui, et tout ce qu'il peut faire est de lutter en vain contre lui, même si cela lui coûte la vie. Ce roman est une fusion éblouissante du réalisme occidental et de la tradition orale igbo avec ses rituels, ses festivités, ses proverbes, ses contes et ses chansons. Il a ouvert la voie à une nouvelle génération d'écrivains et a profondément modifié la manière dont les Africains se percevaient eux-mêmes et dont ils étaient perçus par le reste du monde.

RÉSUMÉ

LA VIE À UMUOFIA

Umuofia est l'un des neuf villages de la nation Igbo, et l'un des plus craints par ses voisins. C'est là que vit Okonkwo, dont les exploits impressionnants lui ont valu d'être considéré comme l'un des lutteurs les plus respectés de la région. Il a eu une enfance difficile à cause de son père, un homme oisif qui aimait le bon vin et la bonne chère, mais ses efforts pour surmonter son passé ont porté leurs fruits : il est aujourd'hui l'un des hommes les plus respectés de son clan, et possède trois femmes, huit enfants, deux granges et un certain nombre de chèvres et de poulets. Le reste de la communauté a compris qu'il n'avait rien à voir avec son père et le considère comme un modèle à suivre.

La première partie du roman nous introduit dans le monde d'Okonkwo à travers une série d'épisodes qui illustrent ce qu'est la vie en Umuofia, et par extension dans le monde Igbo dans son ensemble. Ce monde possède une riche culture avec ses propres rituels, son étiquette, ses codes moraux, ses croyances religieuses, ses chansons et ses proverbes. En nous familiarisant avec ce monde, nous développons une profonde empathie, ce qui signifie que nous sommes touchés par ce qui se passe plus tard dans le roman.

L'un de ces épisodes est la semaine de la paix, pendant laquelle personne ne travaille et les voisins enterrent leurs rancunes et se réunissent pour boire du vin de palme afin d'honorer la déesse de la terre qui est responsable de la croissance des cultures. Il y a aussi le festival de la nouvelle igname, une célébration pour remercier et honorer la déesse de la terre et les ancêtres spirituels du clan. Pendant le festival, les nouvelles ignames ne peuvent être mangées avant d'avoir été offertes aux dieux.

La mort d'Ikemefuna sert d'illustration des croyances religieuses des habitants d'Umuofia. Lorsqu'une femme d'Umuofia a été tuée à Mbaino, Ikemefuna, âgé de 14 ans, a été envoyé dans la famille d'Okonkwo en gage de paix et pour éviter une nouvelle effusion de sang. Il est accueilli comme un membre de la famille, qui l'apprécie immédiatement, en particulier Nwoye, le fils aîné d'Okonkwo, qui le considère comme un grand frère. Cependant, l'Oracle décrète qu'Ikemefuna doit être emmené hors d'Umuofia et tué, et Okonkwo est contraint d'accepter cette décision et de participer au meurtre sous peine d'être considéré comme faible. La mort d'Ikemefuna marque le début de la rupture de Nwoye avec son village et ses coutumes, bien qu'il ne s'en rende pas compte à ce moment-là.

La deuxième partie du roman s'ouvre sur l'exil d'Okonkwo, qui nous fournit une nouvelle illustration du fonctionnement des lois de l'Umuofia. Pendant les danses et les battements de tambour endiablés des funérailles d'un des plus grands guerriers du village, Okonkwo tire accidentellement une balle dans le cœur du fils de 16 ans du défunt. Tuer un membre du clan est un crime contre la déesse de la terre, et il n'a d'autres choix que de quitter le village. Il n'a donc pas d'autre choix que de quitter le village. Toutefois, il est autorisé à revenir après sept ans, car le meurtre était accidentel.

SEPT ANS D'EXIL

La deuxième partie du roman dépeint le début de la transition et l'effondrement ultérieur des mondes d'Okonkwo et de l'Umuofia dans son ensemble.

Après l'accident, il doit rassembler ses biens les plus précieux et donner ses ignames à son meilleur ami Obierika pour qu'ils ne soient pas perdus. Avant le lever du soleil, la famille s'enfuit à Mbanta, le village natal de la mère d'Okonkwo. Pour apaiser la déesse de la terre, un groupe de guerriers met le feu aux huttes d'Okonkwo, détruit ses granges et tue ses animaux pour purifier la terre. Cela ne signifie pas qu'ils lui en veulent, mais qu'ils suivent simplement la loi.

Les parents d'Okonkwo, du côté de sa mère, lui réservent un accueil chaleureux, ainsi qu'un terrain pour construire une nouvelle maison et deux ou trois champs à cultiver la saison suivante. Il construit trois huttes pour ses femmes et installe un sanctuaire pour son Dieu personnel et les symboles de ses ancêtres décédés. Au début, les choses ne sont pas faciles pour lui : la famille doit travailler dur pour planter des cultures dans un nouveau champ, et il a l'impression de recommencer sa vie à zéro, mais sans l'énergie et l'enthousiasme de sa jeunesse. Il sait qu'il sera difficile de retrouver sa place après son exil, mais il est déterminé à le faire et reprend peu à peu des forces, sachant que c'est le seul moyen d'empêcher sa famille de mourir en exil.

Obierika vient deux fois, et les deux visites annoncent l'introduction d'un nouvel élément dans l'histoire. Lors de sa première visite, il apprend à Okonkwo qu'un village voisin, Abame, a été anéanti par les Blancs pour venger la mort d'un de leurs hommes, tué sur ordre de l'oracle. Lors de sa deuxième visite, il lui annonce que les missionnaires sont venus à Umuofia.

Mbanta a également reçu la visite de missionnaires, dont l'un est blanc. Bientôt, Nwoye commence à se rendre au temple dédié au nouveau Dieu, et lorsque son père l'apprend, il quitte définitivement la famille et se met à prêcher les enseignements de sa nouvelle religion. Cela marque une rupture radicale pour Okonkwo, qui se demande ce qui va se passer si tous ses enfants suivent les traces de Nwoye et abandonnent leurs ancêtres. Il craint qu'il ne reste plus personne pour prier pour lui et le reste de ses ancêtres si tous ses enfants décident d'adorer le Dieu des Blancs.

RETOUR À UMUOFIA

Sept années s'écoulent et Okonkwo attend impatiemment de rentrer chez lui. Il sait qu'il ne sera pas facile de reconquérir son ancienne position, mais il a l'intention de tout reconstruire à plus grande échelle. Avant de revenir, il avait déjà envoyé de l'argent pour que les travaux de construction puissent commencer. Cependant, son retour au village est moins mémorable qu'il ne l'avait prévu, et il constate qu'Umuofia a radicalement changé en son absence. Comme à Mbanta, l'arrivée des missionnaires a creusé un fossé entre les membres du clan et en a égaré beaucoup. Il ne s'agit pas seulement des pauvres et des parias; certains hommes notables et titrés ont également adopté les nouvelles croyances. En outre, les Blancs ont mis en place un tribunal où les affaires sont jugées par un commissaire de district qui ignore tout du contexte local :

> « 'L'homme blanc comprend-il notre coutume concernant la terre ?'
>
> Comment le pourrait-il, alors qu'il ne parle même pas notre langue ? Mais il dit que nos coutumes sont mauvaises ; et nos propres frères qui ont adopté sa religion disent aussi que nos coutumes sont mauvaises. Comment pensez-vous que nous puissions nous battre alors que nos propres frères se sont retournés contre nous ? L'homme blanc est très intelligent. Il est venue tranquillement et pacifiquement avec sa religion. [...] Il a mis un couteau sur les choses qui nous maintenaient ensemble et nous nous sommes écroulés.' » (p. 129)

Cependant, tous les habitants d'Umuofia ne sont pas aussi consternés qu'Okonkwo et Obierika par l'arrivée des Blancs. Certains d'entre eux y voient une voie de progrès et s'enthousiasment pour l'huile de palme et le maïs que les missionnaires ont apportée avec eux, car ils rapportent des sommes importantes au village.

Pour commencer, les relations entre les missionnaires et les habitants d'Umuofia sont largement pacifiques. M. Brown, le chef de la congrégation, prêche la paix et fait tout ce qui est en son pouvoir pour éviter les conflits avec le clan. Mais il est rapidement remplacé par M. Smith, qui a une approche radicalement différente, entretient des liens étroits avec le gouvernement et pense que les missionnaires font la guerre aux forces des ténèbres. En d'autres termes, il considère que tous les habitants d'Umuofia qui ne se sont pas convertis au christianisme sont des ennemis.

Les relations entre M. Smith et les habitants d'Umuofia se dégradent définitivement après un événement décisif qui pousse les villageois à agir contre les missionnaires. Lors de la célébration annuelle de la déesse de la terre, Enoch, l'un des convertis les plus radicaux et réactionnaires, arrache le masque d'un des *egwugwu* (qui représentent les esprits ancestraux de la ville). Le lendemain, tous les *egwugwu* se réunissent sur la place du village et décident de mettre le feu à l'église.

Cependant, cela amène les chefs du clan à entrer en conflit ouvert avec les Blancs. Okonkwo et six autres chefs sont emprisonnés pendant plusieurs jours et ne sont libérés qu'après avoir payé une lourde amende. Leur arrestation inquiète les autres habitants du village, qui décident de se réunir sur la place pour discuter de cette nouvelle tournure des événements. Mais la réunion ne se déroule pas comme prévu : alors qu'un des chefs de file prononce un discours relatant les événements des derniers jours, cinq messagers de la cour interviennent pour tenter de dissoudre l'assemblée. Okonkwo refuse de laisser passer leur chef, et lorsque celui-ci insiste, il dégaine sa machette et le décapite. Okonkwo est conscient de la punition qui l'attend, et décide de se suicider au lieu de laisser les hommes blancs le juger selon leurs lois.

Le saviez-vous ?

Obi, le protagoniste du roman de 1960 d'Achebe, *No Longer at Ease*, est l'un des petits-enfants d'Okonkwo. Le roman est basé sur les propres expériences de l'auteur à Lagos et traite des défis auxquels est confrontée la génération qui a grandi alors que le Nigeria accédait à l'indépendance. Contrairement à *Le monde s'effondre*, qui est centré sur la culture traditionnelle igbo, *No Longer at Ease* dépeint la vie moderne des Nigérians.

ÉTUDE DE CARACTÈRE

OKONKWO

Okonkwo est le protagoniste du roman. Il est l'un des lutteurs les plus célèbres des neuf villages qui constituent le territoire Igbo dans le livre car, à l'âge de 18 ans, il a fait honneur à Umuofia en lançant Amalinze le chat. Il est décrit comme «grand et énorme», avec «des sourcils touffus et un nez large», et le narrateur dit que «lorsqu'il marchait, ses talons touchaient à peine le sol et il semblait marcher sur des ressorts» (p. 3). Il a un tempérament instable : il est impatient et se met facilement en colère, et il est prompt à recourir à la violence lorsqu'il est confronté à un problème. Il dirige sa maison d'une main de fer, et ses femmes et ses enfants ont peur de lui. Cependant, il se comporte ainsi parce qu'il est naturellement réservé et qu'il a eu peur de l'échec et de la faiblesse toute sa vie, bien que la plupart des gens n'en aient pas conscience. Il a même peur de lui-même, car il vit dans la crainte que les gens découvrent qu'il est comme son père Unoka, qui était paresseux et oisif et a connu une mort déshonorante.

Grâce à son travail acharné, il est devenu un homme riche et l'un des neuf chefs de son clan. Ses logements témoignent de sa prospérité : il a sa propre *obi* (hutte), et chacune de ses femmes vit dans une hutte avec ses enfants. Il possède également deux grandes granges remplies d'ignames, un hangar pour ses chèvres et des huttes pour ses poules, ainsi qu'un petit sanctuaire où il conserve les symboles en bois de son Dieu personnel et des esprits ancestraux.

Cependant, il est également confronté à une série de difficultés. Après avoir tué accidentellement un membre de son propre clan, il est contraint de s'exiler dans la ville natale de sa mère pendant sept ans. Lorsque cet incident se produit, il craint de ne jamais pouvoir réaliser son ambition de devenir l'un des chefs du clan, car son *chi* (Dieu personnel) n'est pas fait pour les grandes choses. Malgré cela, il s'efforce de se faire respecter dans son nouveau village : il sème un nouveau champ, recommence sa vie à zéro, travaille sans relâche et s'élève jusqu'à devenir un pilier de la communauté.

Lorsqu'il est temps de retourner à Umuofia, Okonkwo est déterminé à impressionner les autres membres de son clan et à rattraper le temps perdu. Cependant, à son retour, il constate que le village a été envahi par les missionnaires et les gouverneurs britanniques. Il est peiné de voir que son clan est déchiré par les enseignements chrétiens et que personne ne fait rien pour arrêter l'avancée de la nouvelle religion : selon lui, les guerriers du village sont « inexplicablement devenus mous comme des femmes » (p. 133). Contrairement aux chefs du clan, qui pensent qu'il vaut mieux entretenir une relation pacifique avec les Blancs, Okonkwo veut se battre avant que les envahisseurs ne fassent disparaître complètement le village et ses traditions. Il pousse cette conviction jusqu'au bout en tuant le chef des messagers de la cour et en se suicidant avant que les Blancs ne puissent le juger ou le punir. Il reste fidèle à ses convictions jusqu'au bout et meurt en guerrier, l'un des plus grands hommes de l'Umuofia, même si le clan considère le suicide comme déshonorant.

UNOKA

Unoka est le père d'Okonkwo. Il n'apparaît que dans la première partie du roman, mais il est fondamental pour comprendre la mentalité d'Okonkwo. Il était paresseux et apparemment incapable de planifier et de penser à l'avenir ; par conséquent, dès son plus jeune âge, Okonkwo était celui qui devait s'occuper de la famille et récolter les ignames. Dès qu'il avait un peu d'argent, Unoka le dépensait en vin de palme et invitait les voisins pour faire la fête. Il était toujours endetté, peut-être à cause de son amour pour la bonne nourriture, la bonne compagnie et la flûte, ce qui signifiait que la famille avait souvent faim et que tout le monde se moquait d'elle à cause de son oisiveté. Tout au long de sa vie, Okonkwo s'efforce d'être le contraire de son père et de montrer au reste de sa communauté qu'il est destiné à la grandeur.

NWOYE

Nwoye est le fils aîné d'Okonkwo, mais il n'a jamais été capable de gagner son approbation. Okonkwo craint que Nwoye ne devienne paresseux en grandissant, et il ne cesse de le crier et de le battre pour essayer d'en faire un homme fort comme lui. C'est pourquoi, tout au long du Roman, Nwoye est décrit comme un enfant malheureux.

Lorsque Ikemefuna rejoint la famille, le moral de Nwoye s'améliore considérablement et il considère le nouveau venu, de deux ans son aîné, comme une sorte de grand frère qui sait tout ce qu'il faut savoir. Ikemefuna lui apprend à fabriquer des flûtes en bambou et à installer des pièges ingénieux pour les rongeurs, lui raconte des histoires et lui explique les noms des oiseaux. Grâce à l'influence d'Ikemefuna, Nwoye commence peu à peu à apprécier les tâches considérées comme masculines, telles que couper du bois et moudre de la nourriture. Il commence également à montrer des signes de volonté de dominer les femmes de la famille et ses jeunes frères, ce qui plaît à son père, qui veut qu'il ait une bonne position sociale et suffisamment de nourriture dans sa grange pour faire des sacrifices à leurs ancêtres. Pour cette raison, Nwoye commence à passer plus de temps avec Okonkwo, qui lui raconte des histoires violentes sur les grands hommes de son pays.

Lorsque Okonkwo participe au meurtre d'Ikemefuna, c'est comme si quelque chose se brisait en Nwoye. Il avait aussi ressenti cela une fois auparavant, lorsqu'il avait entendu un enfant pleurer au fond de la forêt, car selon la tradition, les jumeaux doivent être mis dans des pots en terre et jetés dans la forêt. Par conséquent, il est très réceptif aux messages des missionnaires lorsqu'ils arrivent à Mbanta deux ans plus tard, et il trouve que la nouvelle religion apaise sa douleur due à la mort d'Ikemefuna et des jumeaux. Il pratique le christianisme en secret jusqu'à ce que son père le découvre et qu'il quitte définitivement la maison. La conversion de Nwoye est un tournant décisif dans le roman, car elle marque le moment où le monde d'Okonkwo commence à s'effondrer.

EZINMA

Ezinma est la fille préférée d'Okonkwo, qui regrette constamment qu'elle soit une fille, car elle est plus forte et plus résolue que son fils aîné Nwoye. Elle est très proche de son père et est la seule personne à pouvoir comprendre ses humeurs. Son existence est presque un miracle, car elle est le seul enfant survivant de sa mère Ekwefi. Les deux femmes partagent un lien basé sur la camaraderie, qui est renforcé par de petits secrets, comme manger des œufs ensemble quand personne ne regarde. Ezinma était une *ogbanje*, c'est-à-dire un enfant maudit qui mourait en bas âge, puis retournait dans le ventre de sa mère pour renaître, avant de mourir à nouveau. Cependant, elle a survécu aux neuf autres enfants d'Ekwefi, qui sont tous morts avant leur premier anniversaire. Après la destruction de l'*iyi-uwa* d'Ezinma (la pierre magique qui unit les *ogbanje* et le monde spirituel afin qu'ils puissent mourir et renaître à plusieurs reprises), Ezinma devient une belle jeune femme et une grande source de fierté pour son père. Il lui demande d'épouser un jeune homme d'Umuofia afin que la famille puisse retrouver le statut qu'elle avait perdu après son exil de sept ans et, sachant combien cela est important pour lui, elle accepte.

LES MISSIONNAIRES

Les deux missionnaires qui jouent les plus grands rôles dans le roman sont M. Brown et M. Smith, qui le remplace à la tête de la congrégation. M. Brown est le premier missionnaire qui arrive à Umuofia pour initier les habitants au christianisme. Bien qu'il soit strict, il s'efforce d'éviter toute forme de conflit avec le clan en respectant leurs traditions et en créant un espace pour discuter de la foi qu'il prêche et de la religion pratiquée par les tribus Igbo. Cela lui vaut le respect des chefs de clan et, lorsqu'il visite l'un des villages voisins, il reçoit une défense d'éléphant sculptée, symbole de dignité et de statut. L'approche de M. Smith est tout à fait différente, car il rejette la politique de compromis et d'adaptation de M. Brown. Il a une vision du monde en noir et blanc, et pour lui, le noir est toujours mauvais. Dans ses sermons, il compare les convertis à une armée de la lumière qui marche sur un champ de bataille contre les forces des ténèbres. Il entretient également des liens étroits avec le gouvernement, ce qui accélère le déclin du clan Umuofia et le suicide d'Okonkwo.

ANALYSE

FORMULAIRE

Style

Le monde s'effondre est une œuvre phare de la littérature africaine, car elle représente le moment où les Africains ont commencé à raconter leurs propres histoires. L'écriture sur le continent n'était plus réservée aux Européens, et la nouvelle génération d'auteurs africains a adopté une approche radicalement différente du sujet.

Achebe pensait que les écrivains avaient un devoir social envers leur pays. Dans l'un de ses essais les plus connus, « Le romancier en tant qu'enseignant », il écrit : « Je serais tout à fait satisfait si mes romans (en particulier ceux que je situe dans le passé) ne faisaient rien de plus qu'apprendre à mes lecteurs que leur passé – avec toutes ses imperfections – n'était pas une longue nuit de sauvagerie dont les premiers Européens agissant au nom de Dieu les ont délivrés ». Dans *Le monde s'effondre*, il explore les conditions qui ont facilité le changement radical du monde traditionnel igbo suite à l'arrivée de missionnaires et de représentants du gouvernement britannique dans la seconde moitié du XIX\ :sup:`e` siècle. Bien qu'Achebe n'ait pas vécu directement les événements du roman, son milieu familial (ses parents s'étaient convertis au protestantisme) et son éducation occidentalisée au Nigeria peu avant que ce pays n'obtienne son indépendance de la Grande-Bretagne sont quelques-unes des conséquences des événements historiques qu'il décrit. Achebe pensait qu'il était important de comprendre sa propre société et de contribuer à jeter les bases de ce nouveau pays.

L'une des plus grandes réussites du roman est peut-être la façon dont il nous plonge dans le monde Igbo du village d'Umuofia et utilise le protagoniste Okonkwo pour nous présenter ses célébrations, ses coutumes, ses rituels, ses croyances religieuses, son style de vie, ses chansons et ses proverbes. Bien qu'il utilise des techniques narratives occidentales, qu'Achebe a apprises dans les livres qu'il lisait quand il était plus jeune, il y a un changement crucial de perspective : bien que le roman utilise un narrateur omniscient à la troisième personne, ce narrateur n'est pas un chroniqueur européen, mais semble être un des Igbo. Cela signifie qu'au lieu de dépeindre Okonkwo comme un sauvage repoussant et ignorant, portant des vêtements étranges et une lance, on essaie de comprendre ses dilemmes et ses craintes alors qu'il est confronté à un groupe d'étrangers qui menacent de détruire tout ce à quoi il tient, à savoir son clan et les traditions de ses ancêtres. Il est dépeint comme un guerrier qui est finalement voué à l'autodestruction.

La dernière phrase du roman, « Il avait déjà choisi le titre du livre, après mûre réflexion : *The Pacification of the Primitive Tribes of the Lower Niger* » (p. 152) est égalelement intéressante et sert à se moquer de la tradition ethnographique européenne. Le messager de la cour qui aide à couper le corps d'Okonkwo de l'arbre dit qu'il a vécu en Afrique pendant de nombreuses années et qu'il s'est efforcé d'apporter la « civilisation » au continent, suggérant ainsi que l'impérialisme était un projet culturel et éducatif, alors qu'il était en fait tout le contraire et qu'il a semé la mort et la destruction en Afrique, en Asie et en Amérique latine. Comme l'a écrit Walter Benjamin dans son essai « On the Concept of History », « [i]l n'existe aucun document de culture qui ne soit en même temps un document de barbarie » (2006 : 392), et il a souvent été dit que l'histoire est écrite par les vainqueurs.

<u>Le saviez-vous ?</u>

En 2011, Achebe a refusé pour la deuxième fois le titre de commandeur de l'ordre de la République fédérale, l'une des distinctions les plus prestigieuses du Nigeria. Avant la cérémonie de remise du prix, il a envoyé une lettre au président nigérian, Goodluck Jonathan (né en 1957), dans laquelle il expliquait qu'il ne voulait pas recevoir le prix car, au cours des sept années écoulées depuis son dernier refus, la corruption rampante, la pauvreté et les abus de pouvoir n'avaient pas diminué dans le pays.

Structure

Le monde s'effondre se compose de trois parties qui racontent le déclin et la destruction progressive du monde Igbo. La première partie dépeint un Umuofia édénique, dont les habitants vivent en communauté, obéissent aux règles établies par leurs chefs et respectent leurs divinités. C'est le monde d'Okonkwo, et il en est fier. La deuxième partie représente une transition : des rumeurs sur l'arrivée imminente des Blancs commencent à se répandre et ils s'installent progressivement dans les villages, mais à ce stade, ils ne semblent être qu'une menace latente. Toutefois, vers la fin de la deuxième partie, la tension entre les Blancs et les Igbos commence à monter lorsque Nwoye se convertit au christianisme et quitte sa famille et que les missionnaires arrivent à Umuofia. Leur arrivée provoque une rupture au sein de la communauté, car les choses qui les unissaient auparavant s'estompent et le village commence à se désagréger. La troisième partie représente le point culminant de ce processus : elle raconte le démasquage des *egwugwu* par Enoch, l'incapacité des chefs à agir et leur emprisonnement consécutif, qui marquent la chute de la culture Igbo. Désormais, la communauté devra se soumettre aux Blancs si elle veut rester en vie, mais certains d'entre eux choisissent l'autodestruction plutôt que la soumission.

THÈMES

Masculinité et féminité

Le monde s'effondre est structuré autour du contraste entre masculinité et féminité. Comme nous le voyons à travers le personnage d'Okonkwo, dans la culture Igbo, la masculinité est perçue positivement et associée à des qualités telles que la force et le courage. Par exemple, les ignames sont appelées « le roi des cultures » (p. 18) et sont associées à la virilité ; elles ne sont récoltées que par les hommes en raison du travail intense qu'elles impliquent. Au sein de la communauté, les hommes capables de faire une bonne récolte d'ignames pour nourrir leur famille année après année sont universellement respectés. Les ignames sont également un symbole de statut et de richesse, car l'importance d'un membre du clan peut être discernée par le nombre de granges qu'il possède pour conserver ses ignames et la taille de la parcelle qu'il possède pour les cultiver. La récolte d'ignames d'un homme donne une bonne indication de son éthique de travail.

Tout au long du roman, Okonkwo est comparé au feu et les autres membres du clan l'appellent la « flamme rugissante » (p. 112). Le feu est associé à la vie (parce qu'il est toujours en mouvement), à la virilité et à la destruction, mais à mesure que l'histoire progresse, il est progressivement remplacé par la cendre. Par exemple, lorsque Nwoye s'enfuit avec les missionnaires, Okonkwo se demande comment lui, l'homme que tout le monde voit comme un feu ardent, a pu engendrer un enfant dégénéré et efféminé comme Nwoye et nie même qu'il soit son fils : « Et immédiatement, les yeux d'Okonkwo s'ouvrirent et il vit clairement toute l'affaire. Le feu vivant engendre la cendre froide et impuissante. Il soupira à nouveau, profondément » (p. 113). Le feu, qui représente également la possibilité de se reproduire, est opposé à la cendre, qui représente la faiblesse, l'impuissance et même la mort. Okonkwo dit que les paroles des missionnaires peuvent même réduire le feu en cendres ; cela fait référence au déclin de son clan et, en fin de compte, à l'effondrement du monde Igbo. Après sa mort, sa famille peut être laissée à la dérive, ce qui lui ferait courir le risque de tomber entre les mains des missionnaires et, ce faisant, d'abandonner tout son passé et ses traditions.

Cependant, le roman montre aussi comment Okonkwo pousse parfois la masculinité trop loin. Sa relation tumultueuse avec son père, qui était la risée de la communauté, l'a rendu travailleur et tenace, mais aussi extrêmement violent et coléreux. Ces attributs sont évidents dans de nombreux épisodes du roman : par exemple, il insulte la déesse de la terre en frappant l'une de ses femmes pendant la semaine de la paix, et il participe volontairement au meurtre de son fils adoptif Ikemefuna pour ne pas paraître faible ou efféminé.

À l'inverse, la féminité a des connotations négatives dans le roman, et est associée à des idées comme la faiblesse et l'assujettissement. Lorsque Okonkwo était plus jeune, un de ses contemporains l'a insulté en l'appelant *agbala*, terme utilisé pour désigner non seulement les femmes, mais aussi les hommes sans titre. La masculinité est liée à la sphère publique et à des concepts tels que la réputation et la richesse, tandis que la féminité appartient à la sphère privée. Cela signifie qu'elle est associée à la maternité et aux travaux ménagers, mais aussi aux sentiments et à l'intimité. Par exemple, les femmes du clan dorment à côté de leurs enfants dans leurs huttes et leur racontent des contes d'animaux, qui sont méprisés pour leur manque supposé de valeur morale, contrairement aux histoires de guerre et de violence que racontent les hommes. La peur du conflit, l'indécision et l'inaction sont également associées à la féminité. Lorsque Okonkwo s'exile dans le village natal de sa mère, Mbanta, il ne comprend pas pourquoi ses proches acceptent de céder des terres à des hommes blancs et entre dans une colère noire car il pense que l'affaire aurait été réglée en combattant à Umuofia.

Néanmoins, la féminité a son propre pouvoir caché, et est liée à la terre. Lorsque les enfants sont avec leur mère, ils peuvent parler ouvertement et être vraiment eux-mêmes, et lorsque Okonkwo s'exile et se sent humilié en retournant dans le village de sa mère, son oncle Uchendu lui rappelle que si les enfants appartiennent à leur père lorsque tout va bien, ils cherchent du réconfort auprès de leur mère lorsque les temps sont durs. Le feu donne la vie, mais la terre la nourrit et l'entretient. Il est intéressant de noter que l'une des divinités Igbo les plus importantes est la déesse de la terre Ani, qui est honorée lors des grandes célébrations telles que le festival de la nouvelle igname et la semaine de la paix. Ani est également le juge de la moralité et de la bonne conduite : par exemple, lorsque Okonkwo tue accidentellement un des membres du clan, il doit quitter la terre de son père car il a offensé Ani. Si le monde des mortels est gouverné par les hommes, le monde des esprits semble être, au moins en partie, gouverné par les femmes, dont certaines servent de pont entre notre monde et celui de l'au-delà.

La tension entre tradition et modernité

L'épigraphe et le titre du roman sont tirés du poème "The Second Coming" (1919) de William Butler Yeats (poète irlandais, 1865-1939) et font allusion à la fragilité d'un système sur le point de s'effondrer. Le « centre [qui] ne peut tenir » est le monde Igbo, menacé par l'arrivée de la bureaucratie anglaise et des missionnaires, qui représentent la « seconde venue » du dieu mort pour racheter l'humanité et dont le vernis amical cache une volonté de déchirer les clans et de détruire leurs traditions et leur vision du monde pour imposer la leur.

La tension entre tradition et adaptation est une question existentielle pour les personnages de *Le monde s'effondre*. Pour Okonkwo, c'est une question de statut : tout au long du roman, il critique les chefs de clan de Mbanta et d'Umuofia parce qu'ils n'ont pas pris de mesures décisives pour montrer aux missionnaires qui sont les vrais patrons :

> *« Ne raisonnons pas comme des lâches »*, dit Okonkwo. *Si un homme entre dans ma hutte et défèque sur le sol, que dois-je faire ? Est-ce que je ferme les yeux ? Non ! Je prends un bâton et je lui casse la tête. C'est ce que fait un homme. Ces gens déversent quotidiennement de la saleté sur nous, et Okeke dit que nous devrions faire semblant de ne pas voir. »* (p. 117)

Cependant, Okonkwo ne se rend pas compte que ces nouveaux adversaires sont fondamentalement différents de leurs anciens ennemis car ils ne font pas partie du monde Igbo. Comme le souligne Obierika, les hommes blancs ne parlent même pas la même langue que le clan, ce qui signifie qu'ils ne peuvent pas, et pire encore, ne veulent pas comprendre. Au lieu de cela, ils tentent de manipuler secrètement les structures fragiles qui assurent la cohésion de la communauté pour gagner de nouveaux adeptes. Par exemple, les missionnaires approchent les *osu* (les parias du village) et les *efulefu* (les membres de la communauté de rang inférieur et ignorant) dans le but de les convaincre d'abandonner leurs coutumes traditionnelles et d'embrasser cette nouvelle foi, qui les traite d'égal à égal et leur donne même le sentiment d'être les élus. Il est clairement démontré que cela a ouvert la voie à l'imposition de la loi coloniale et des coutumes britanniques dans le pays.

La transition vers une nouvelle foi et un nouvel ordre religieux, totalement incompatibles avec les coutumes igbo, commence officiellement lorsque Enoch affirme avoir tué et mangé un python royal, « l'animal le plus vénéré à Mbanta et dans toutes les régions environnantes » (p. 116). Cependant, il n'est pas officiellement membre de la communauté, ce qui signifie qu'il n'est pas puni et qu'il n'a pas à accomplir les sacrifices expiatoires ou la cérémonie coûteuse que tout autre homme serait obligé d'accomplir. Le moment où il détruit le masque d'un des *egwugwu*, qui symbolise la culture et les lois de l'Umuofia, marque le moment où les Blancs prennent le contrôle total du gouvernement. Le clan perd son indépendance politique, ses chefs sont menacés et son esprit périt. Quiconque n'est pas prêt à s'adapter à ces changements, comme Okonkwo, doit mourir lui aussi.

Orgueil et désobéissance

Comme nous l'avons déjà expliqué, Okonkwo est travailleur et responsable, mais aussi violent et coléreux. Il est fier, mais cela ne signifie pas qu'il ne peut pas reconnaître ses erreurs, mais plutôt qu'il ne les admet que lorsqu'elles contreviennent aux règles du clan. Il ne remet jamais en question les punitions qu'il reçoit et les accepte sans broncher, qu'il les trouve justes ou non, car c'est la seule façon pour lui de préserver sa réputation et son honneur à Umuofia. Lorsqu'il est exilé pour sept ans, il rassemble ses affaires le jour même et part pour Mbanta avec sa famille, même s'il n'avait pas l'intention de tuer le garçon. Il est clair qu'Okonkwo n'est pas cruel ou mauvais, mais qu'il passe chaque jour à combattre sa pire peur : la peur de lui-même et d'être comparé à son père. Pour cette raison, il lutte constamment contre l'oisiveté et la faiblesse.

Un autre thème central du roman est l'orgueil, qui est également source de conflits pour Okonkwo. Dès la deuxième partie de l'histoire, il se trouve déchiré entre sa fierté personnelle et les décisions communes prises par les dirigeants d'Umuofia concernant l'arrivée des missionnaires et des représentants du gouvernement britannique. Son incapacité à s'adapter ou à faire des compromis sur ses principes pour adopter une position plus tolérante ou plus compatissante le pousse finalement au suicide. C'est la seule fois où il bafoue délibérément les règles du peuple Igbo. Son sens aigu de la fierté et de la dignité fait qu'il choisit de vivre et de mourir selon ses propres termes plutôt que de se soumettre aux hommes blancs et de trahir ses valeurs fondamentales de virilité, de courage et de tradition.

POURSUITE DE LA RÉFLEXION

QUELQUES QUESTIONS À MÉDITER...

- Quels autres épisodes de l'histoire mondiale peuvent être comparés aux événements de *Le monde s'effondre* ?
- Décririez-vous Okonkwo comme un anti-héros ? Justifiez votre réponse.
- Quel rôle les femmes jouent-elles dans la vie d'Okonkwo ?
- Comment le monde Igbo change-t-il entre les générations d'Unoka et de Nwoye ?
- Quel rôle jouent les histoires et les contes dans le roman ?
- Êtes-vous d'accord avec la conception d'Achebe de l'écrivain en tant que figure socialement engagée ? Quel devrait être le rôle de l'écrivain au XXIe siècle ? Justifiez votre réponse.
- Quel est le rôle de la nature dans le roman ?
- Êtes-vous d'accord avec l'affirmation selon laquelle l'histoire est écrite par les vainqueurs ? Quel est l'intérêt de raconter une histoire du point de vue d'un « perdant » comme Okonkwo ?

AUTRES LECTURES

ÉDITION DE RÉFÉRENCE

- Achebe, C. (2001) *Things Fall Apart*. Londres: Penguin.

ÉTUDES DE RÉFÉRENCE

- Benjamin, W. (2006) Sur le concept d'histoire. Dans: H. Eiland et M. W. Jennings eds, *Walter Benjamin: Selected Writings, Volume 4.* Cambridge, Massachusetts: Belknap Press, pp. 390-400.
- Emenyonu, E. et Nnolim, C. E. (2014) *Remembering a Legend: Chinua Achebe.* New York: African Heritage Press.
- Miller, J. (1981) The Novelist as Teacher: La littérature pour enfants de Chinua Achebe. *Littérature pour enfants.* 9, pp. 7-18. [En ligne]. [Consulté le 19 mars 2018]. Disponible sur: <https://muse.jhu.edu/article/246008>

LECTURES RECOMMANDÉES

- Achebe, C. (2010) *No Longer at Ease*. Londres: Penguin.
- Okpewho, I. (2003) *Chinua Achebe's Things Fall Apart: A Casebook.* Oxford: Oxford University Press.
- Parker, M. et Starkey, R. (1995) *Postcolonial Literatures: Achebe, Ngugi, Desai, Walcott. New Casebooks.* New York: St. Martin's Press.

Votre avis nous intéresse !
Laissez un commentaire sur le site de votre librairie en ligne
et partagez vos coups de cœur sur les réseaux sociaux !

lePetitLittéraire.fr

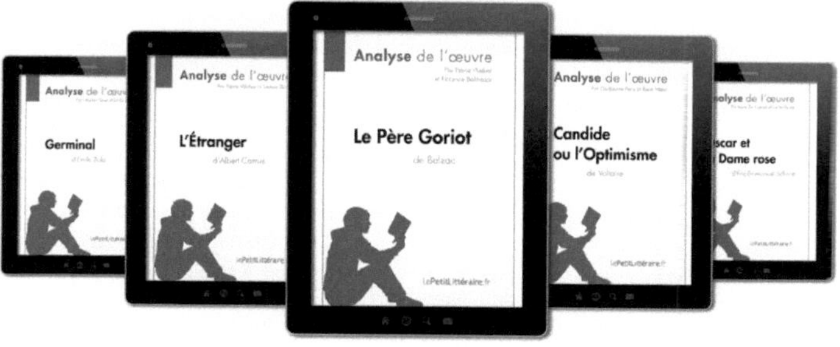

- des analyses de livres
- des fiches de lectures
- des commentaires littéraires
- des questionnaires de lecture
- des résumés

Retrouvez
notre offre complète sur
lePetitLittéraire.fr

ISBN version numérique : 9782808684644
ISBN version papier : 9782808685443
Dépôt légal : D/2023/12603/1044

Conception numérique : Primento,
le partenaire numérique des éditeurs.